Joyeux
Saint Valentin

 Quelle est mon expression favorite ? 

Réponse Juste

Réponse Fausse

 Quelle est ma routine matinale incontournable ?

Réponse Juste

Réponse Fausse

Pour chaque réponse :
s'elle est juste : un bisou ou câlin ;
s'elle est fausse : un défi de votre choix

Quelle est la date de notre rencontre ?

Réponse Juste

Réponse Fausse

Où nous sommes nous rencontré la première fois ?

Réponse Juste

Réponse Fausse

Pour chaque réponse :
s'elle est juste : un bisou ou câlin ;
s'elle est fausse : un défi de votre choix

Quelle est ma couleur préférée ?

Réponse Juste

Réponse Fausse

Plage, campagne ou montagne ?

Réponse Juste

Réponse Fausse

Pour chaque réponse :
s'elle est juste : un bisou ou câlin ;
s'elle est fausse : un défi de votre choix

Quel est mon plat préféré ?

 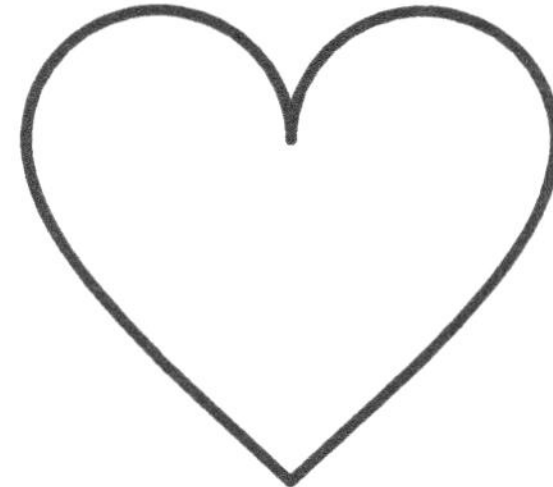

Réponse Juste

Réponse Fausse

Quel est mon desert préféré ?

Réponse Juste

Réponse Fausse

Pour chaque réponse :
s'elle est juste : un bisou ou câlin ;
s'elle est fausse : un défi de votre choix

La partie de mon corps que j'aime le plus ?

Réponse Juste

Réponse Fausse

La partie de mon corps que j'aime le moins ?

Réponse Juste

Réponse Fausse

Pour chaque réponse :
s'elle est juste : un bisou ou câlin ;
s'elle est fausse : un défi de votre choix

Quel est mon plus grand fantasme ?

Réponse Juste   Réponse Fausse

 Quel est mon film préféré ? 

Réponse Juste   Réponse Fausse

Pour chaque réponse :
s'elle est juste : un bisou ou câlin ;
s'elle est fausse : un défi de votre choix

Suis-je plutôt maniaque ou bordélique ?

Réponse Juste   Réponse Fausse

Quel métier je voulais faire quand j'étais enfant ?

Réponse Juste   Réponse Fausse

Pour chaque réponse :
s'elle est juste : un bisou ou câlin ;
s'elle est fausse : un défi de votre choix

Quel est mon cocktail préféré ?

Réponse Juste   Réponse Fausse

Dans quel pays je voudrais vivre ?

Réponse Juste   Réponse Fausse

Pour chaque réponse :
s'elle est juste : un bisou ou câlin ;
s'elle est fausse : un défi de votre choix

Quelle est ma série préférée ?

 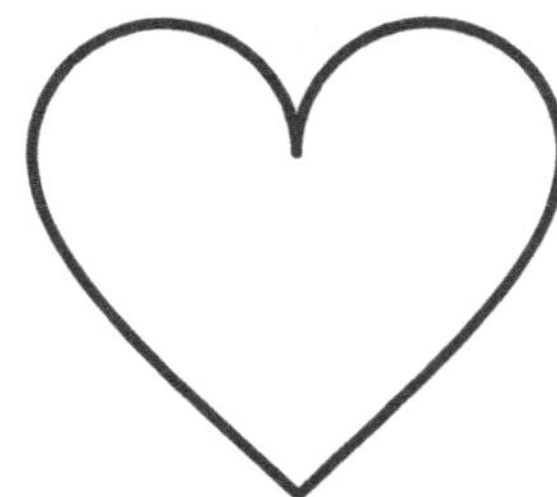

Réponse Juste Réponse Fausse

Quelle langue étrangère je parle ?

Réponse Juste Réponse Fausse

Pour chaque réponse :
s'elle est juste : un bisou ou câlin ;
s'elle est fausse : un défi de votre choix

Quel est mon jeu
de société préféré ?

Réponse Juste   Réponse Fausse

Est-ce que j'aime
faire la cuisine ?

Réponse Juste   Réponse Fausse

Pour chaque réponse :
s'elle est juste : un bisou ou câlin ;
s'elle est fausse : un défi de votre choix

Avec quel personnage historique je voudrais prendre un café ?

Réponse Juste

Réponse Fausse

 **Quel a été mon premier petit boulot ?** 

Réponse Juste

Réponse Fausse

Pour chaque réponse :
s'elle est juste : un bisou ou câlin ;
s'elle est fausse : un défi de votre choix

# Quelle est la chose la plus folle que j'aie faite ?

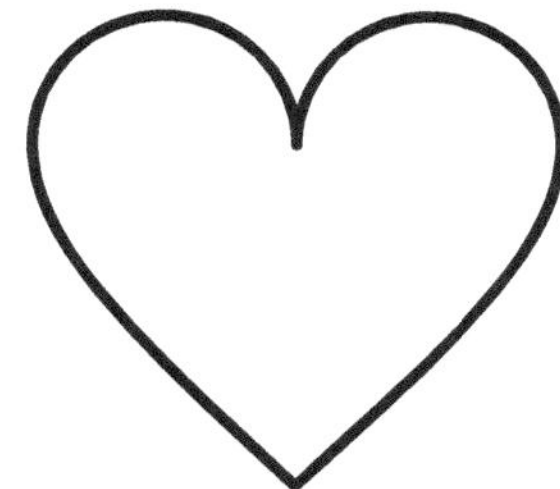

Réponse Juste

Réponse Fausse

A quoi ressemblerait mon weekend idéal ?

Réponse Juste

Réponse Fausse

Pour chaque réponse :
s'elle est juste : un bisou ou câlin ;
s'elle est fausse : un défi de votre choix

Sucré ou salé ?

Réponse Juste

Réponse Fausse

 Ai-je déjà subi une opération ? 

Réponse Juste

Réponse Fausse

Pour chaque réponse :
s'elle est juste : un bisou ou câlin ;
s'elle est fausse : un défi de votre choix

Quelle est ma plus grande peur ?

Réponse Juste   Réponse Fausse

Ai-je peur de la mort ?

Réponse Juste   Réponse Fausse

Pour chaque réponse :
s'elle est juste : un bisou ou câlin ;
s'elle est fausse : un défi de votre choix

Ai-je déjà eu une grosse déception amoureuse ?

Réponse Juste

Réponse Fausse

 # Ai-je des regrets par rapport à mon passé ?

Réponse Juste

Réponse Fausse

Pour chaque réponse :
s'elle est juste : un bisou ou câlin ;
s'elle est fausse : un défi de votre choix

Si je pouvais changer de prénom, lequel je voudrais avoir ?

Réponse Juste

Réponse Fausse

 Quelle est ma saison préférée ? 

Réponse Juste

Réponse Fausse

Pour chaque réponse :
s'elle est juste : un bisou ou câlin ;
s'elle est fausse : un défi de votre choix

Si je pouvais apprendre une nouvelle langue, laquelle je choisirais?

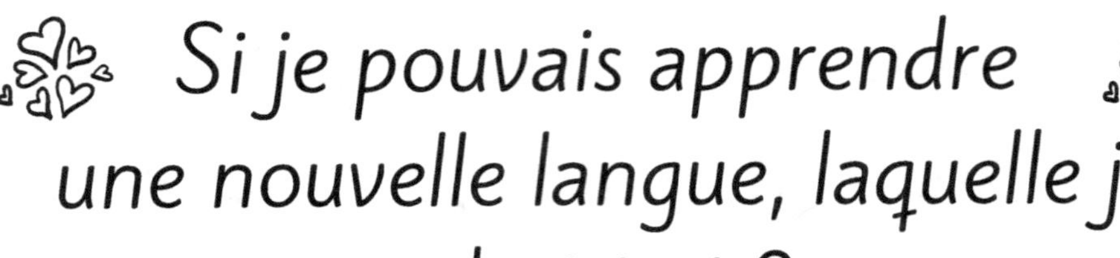

Réponse Juste

Réponse Fausse

Crois-je aux fantômes ?

Réponse Juste

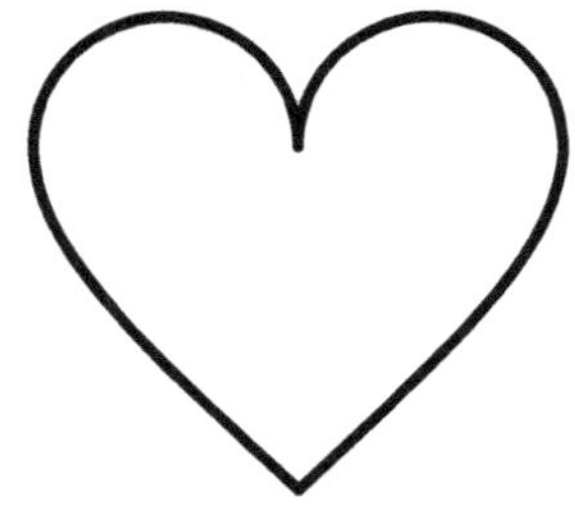

Réponse Fausse

Pour chaque réponse :
s'elle est juste : un bisou ou câlin ;
s'elle est fausse : un défi de votre choix

Vanille ou chocolat ?

 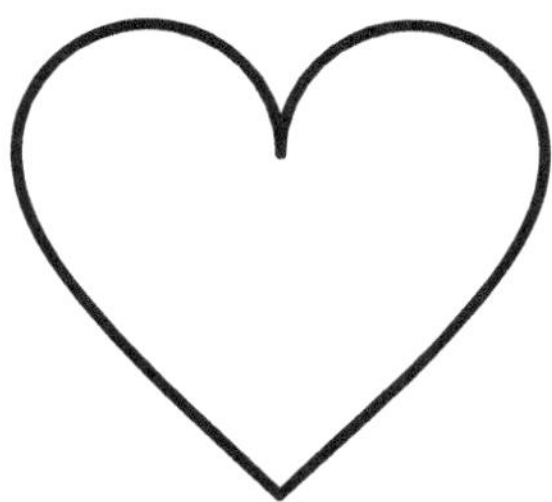

Réponse Juste   Réponse Fausse

Quel est mon signe astrologique ?

Réponse Juste   Réponse Fausse

Pour chaque réponse :
s'elle est juste : un bisou ou câlin ;
s'elle est fausse : un défi de votre choix

Un aliment que je déteste ?

Réponse Juste

Réponse Fausse

Thé ou café ?

Réponse Juste

Réponse Fausse

Pour chaque réponse :
s'elle est juste : un bisou ou câlin ;
s'elle est fausse : un défi de votre choix

Quel est mon acteur/actrice préféré ?

Réponse Juste   Réponse Fausse

Quel est mon chanteur/chanteuse préféré ?

Réponse Juste   Réponse Fausse

Pour chaque réponse :
s'elle est juste : un bisou ou câlin ;
s'elle est fausse : un défi de votre choix

Ville ou campagne ?

Réponse Juste

Réponse Fausse

Une chanson ringarde que j'aime ?

Réponse Juste

Réponse Fausse

Pour chaque réponse :
s'elle est juste : un bisou ou câlin ;
s'elle est fausse : un défi de votre choix

Quel est mon livre préféré ?

Réponse Juste   Réponse Fausse

 Quels sont les 3 défauts que je ne supporte pas chez l'autre ?

Réponse Juste   Réponse Fausse

Pour chaque réponse :
s'elle est juste : un bisou ou câlin ;
s'elle est fausse : un défi de votre choix

# L'endroit où je me sens le mieux?

Réponse Juste

Réponse Fausse

## Quelle est mon appli préférée ?

Réponse Juste

Réponse Fausse

Pour chaque réponse :
s'elle est juste : un bisou ou câlin ;
s'elle est fausse : un défi de votre choix

Qu'est-ce qui me fais rire à chaque fois ?

Réponse Juste

Réponse Fausse

Qu'est-ce que je fais quand je suis stressé ?

Réponse Juste

Réponse Fausse

Pour chaque réponse :
s'elle est juste : un bisou ou câlin ;
s'elle est fausse : un défi de votre choix

 # Est-ce que j'aime parler avec  des gens que je ne connais pas ?

Réponse Juste

Réponse Fausse

 ## Est-ce que j'aime essayer de  nouvelles choses ?

Réponse Juste

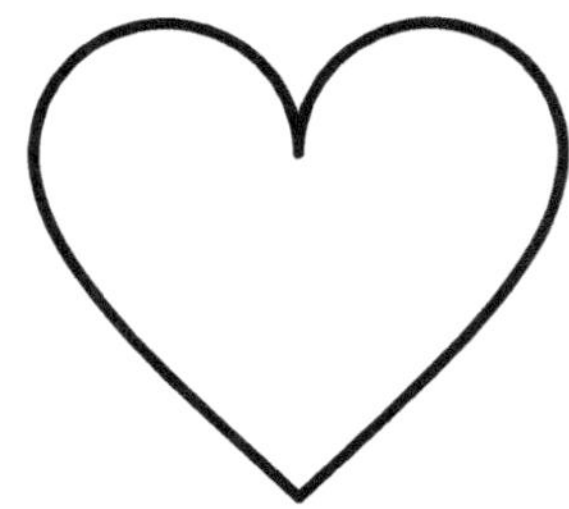Réponse Fausse

Pour chaque réponse :
s'elle est juste : un bisou ou câlin ;
s'elle est fausse : un défi de votre choix

Quel est mon talent caché ?

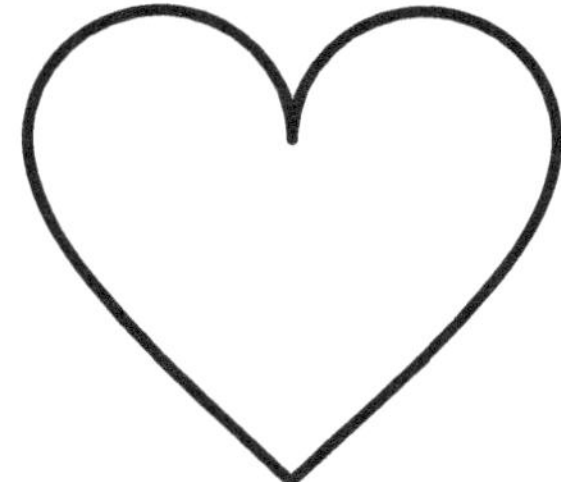

Réponse Juste

Réponse Fausse

Planifier ou Impulsive ?

Réponse Juste

Réponse Fausse

Pour chaque réponse :
s'elle est juste : un bisou ou câlin ;
s'elle est fausse : un défi de votre choix

Est-ce que je sais jouer d'un instrument de musique ?

Réponse Juste

Réponse Fausse

Quelle est ma parole de chanson favorite ?

Réponse Juste

Réponse Fausse

Pour chaque réponse :
s'elle est juste : un bisou ou câlin ;
s'elle est fausse : un défi de votre choix

Une chose que je
ne peux pas vivre sans ?

Réponse Juste

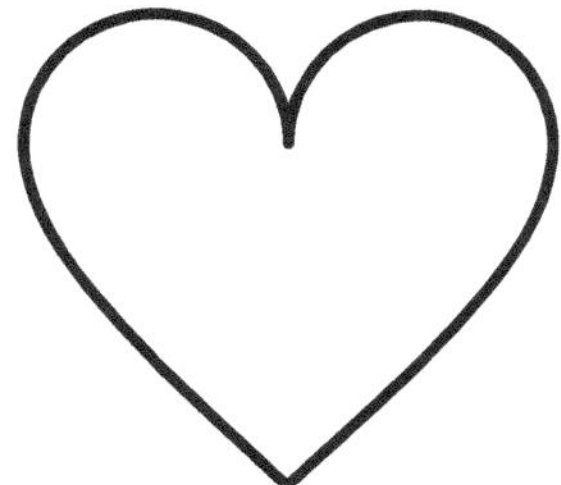

Réponse Fausse

Est-ce que j'aime
mon boulot ?

Réponse Juste

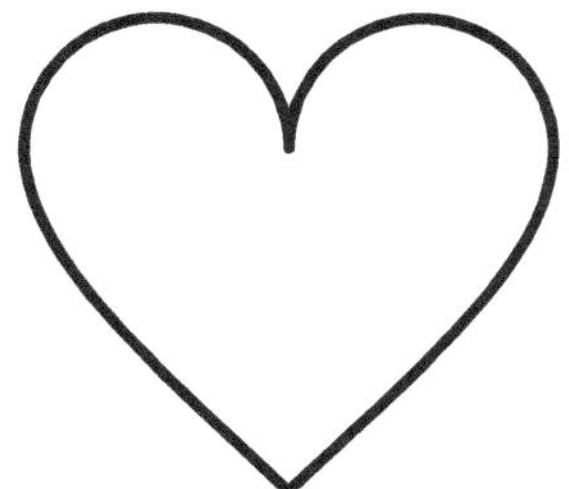

Réponse Fausse

Pour chaque réponse :
s'elle est juste : un bisou ou câlin ;
s'elle est fausse : un défi de votre choix

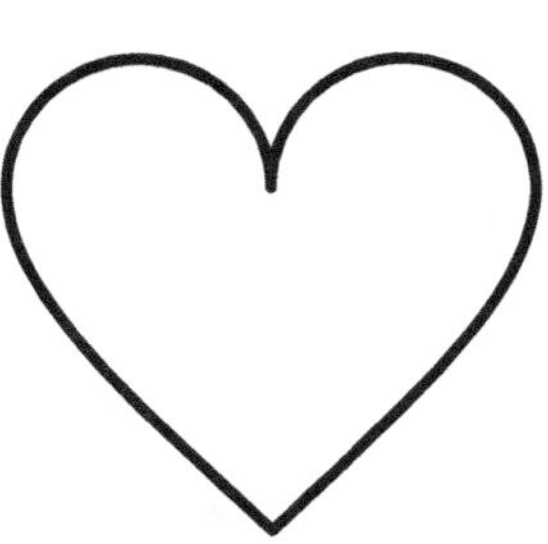

Quel est le meilleur moyen de commencer ma journée ?

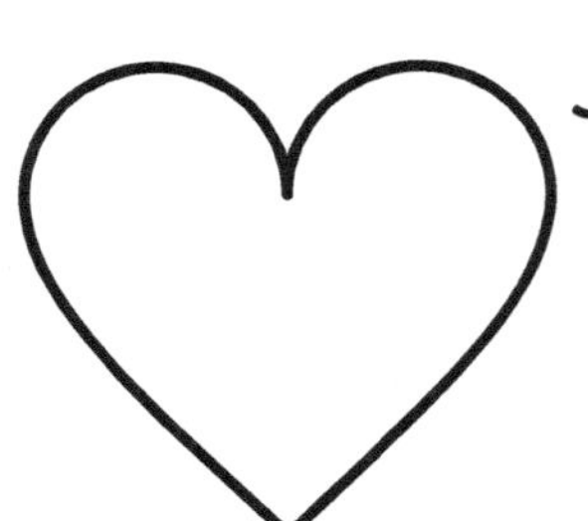

Réponse Juste   Réponse Fausse

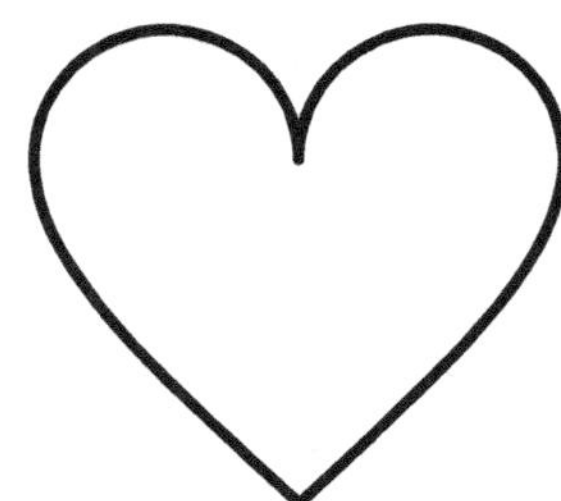

La première chose que j'ai pensé en te rencontrant est ?

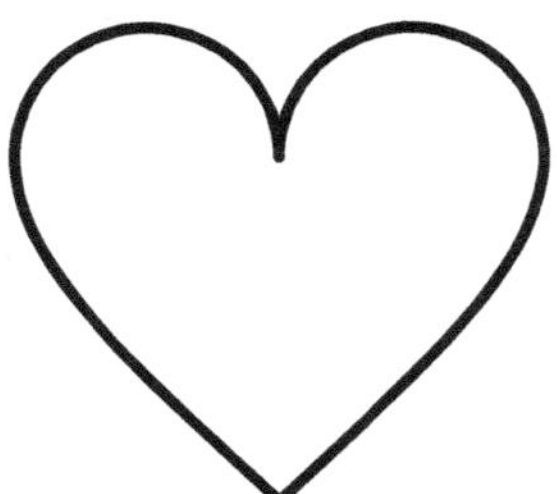

Réponse Juste   Réponse Fausse

Pour chaque réponse :
s'elle est juste : un bisou ou câlin ;
s'elle est fausse : un défi de votre choix

Ma fleur préférée est ?  

Réponse Juste

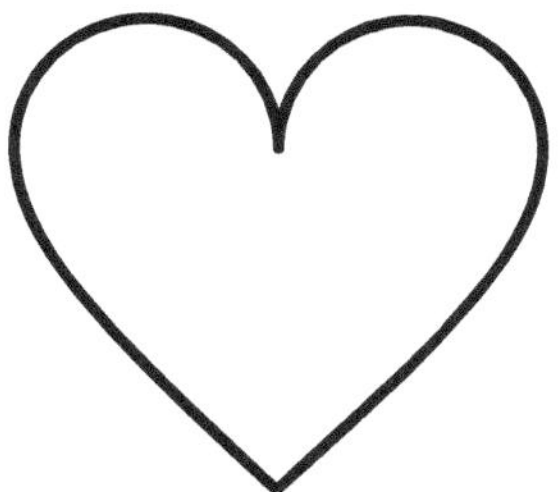

Réponse Fausse

Mon animal favori, c'est ?  

Réponse Juste

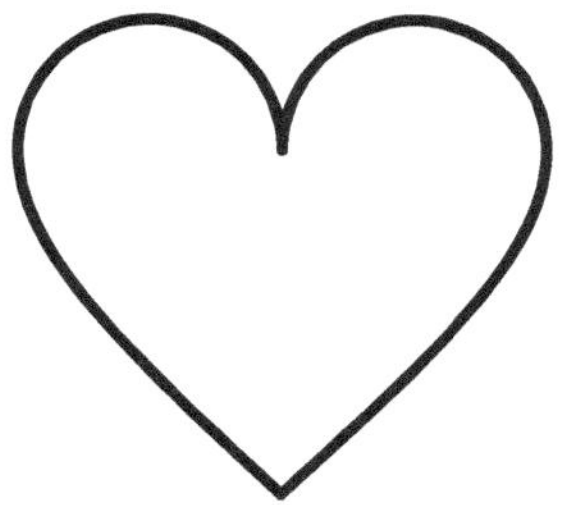

Réponse Fausse

Pour chaque réponse :
s'elle est juste : un bisou ou câlin ;
s'elle est fausse : un défi de votre choix

Le plus beau cadeau que tu m'aies offert est ?

Réponse Juste

Réponse Fausse

Le prénom de garçon que je préfère est ?

Réponse Juste

Réponse Fausse

Pour chaque réponse :
s'elle est juste : un bisou ou câlin ;
s'elle est fausse : un défi de votre choix

Si j'apprenais que j'allais mourir dans 24h, je ferais ?

Réponse Juste

Réponse Fausse

Science ou lettres ?

Réponse Juste

Réponse Fausse

Pour chaque réponse :
s'elle est juste : un bisou ou câlin ;
s'elle est fausse : un défi de votre choix

L'âge que j'ai préféré dans ma vie est ?

Réponse Juste

Réponse Fausse

Pour moi, ce qui s'est amélioré dans notre couple depuis le début c'est?

Réponse Juste

Réponse Fausse

Pour chaque réponse :
s'elle est juste : un bisou ou câlin ;
s'elle est fausse : un défi de votre choix

 # La marque de vêtement que je préfère est ? 

Réponse Juste

Réponse Fausse

 # En politique, je vote plutôt ? 

Réponse Juste

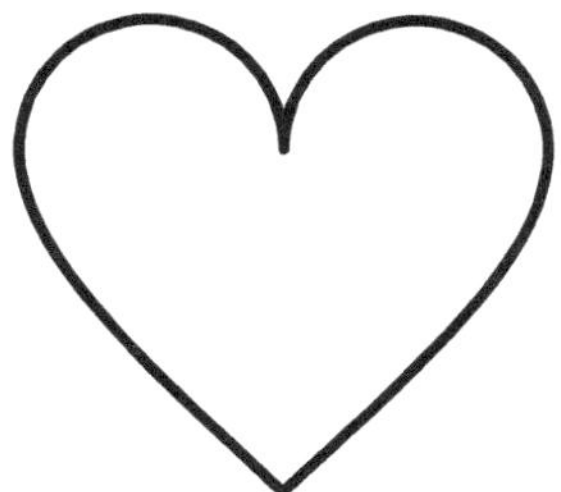

Réponse Fausse

Pour chaque réponse :
s'elle est juste : un bisou ou câlin ;
s'elle est fausse : un défi de votre choix

La plus grosse honte de ma vie est ?

Réponse Juste

Réponse Fausse

Dans 10 ans, je nous imagine ?

Réponse Juste

Réponse Fausse

Pour chaque réponse :
s'elle est juste : un bisou ou câlin ;
s'elle est fausse : un défi de votre choix

Si je pouvais rencontrer une personne célèbre, ce serait ?

Réponse Juste   Réponse Fausse

Mon moment préféré passé avec toi, c'était ?

Réponse Juste   Réponse Fausse

Pour chaque réponse :
s'elle est juste : un bisou ou câlin ;
s'elle est fausse : un défi de votre choix

Vivre jusqu'à 90 ans et conserver l'esprit OU le corps de vos 30 ans ?

Réponse Juste

Réponse Fausse

Si je pouvais avoir un pouvoir magique ce serait de ?

Réponse Juste

Réponse Fausse

Pour chaque réponse :
s'elle est juste : un bisou ou câlin ;
s'elle est fausse : un défi de votre choix

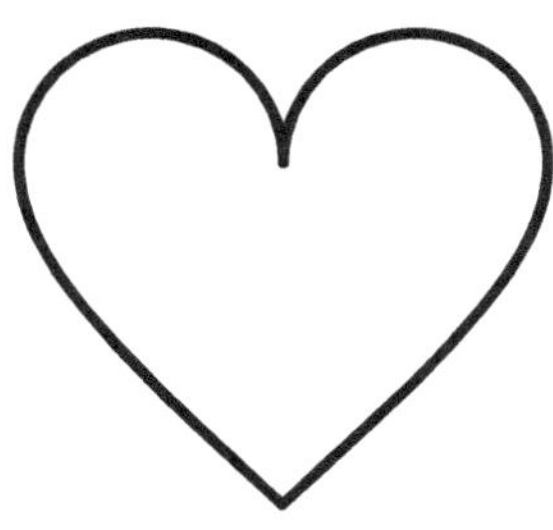 La valeur la plus importante  pour moi en Amour est ?

Réponse Juste   Réponse Fausse

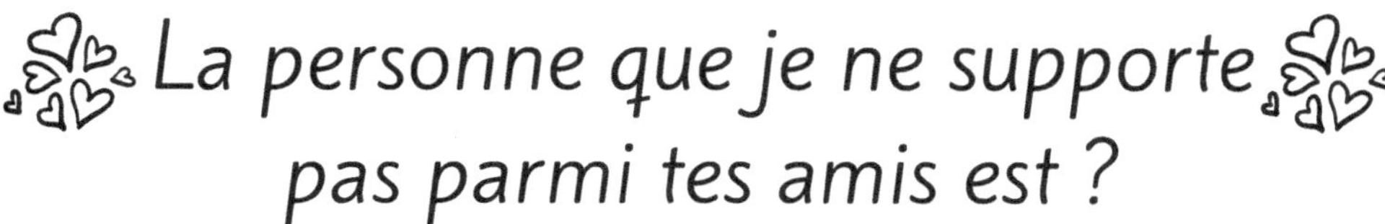

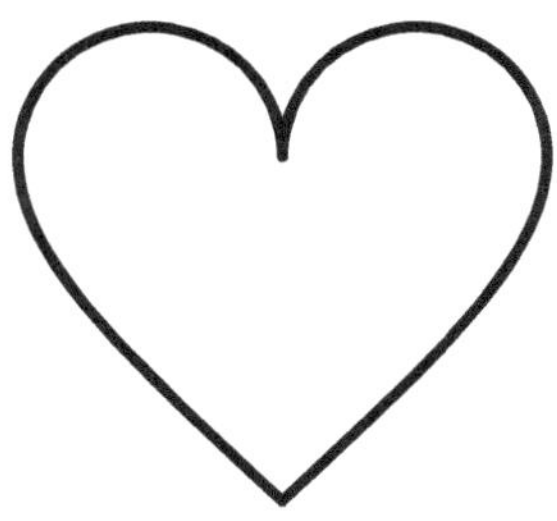 La personne que je ne supporte  pas parmi tes amis est ?

Réponse Juste   Réponse Fausse

Pour chaque réponse :
s'elle est juste : un bisou ou câlin ;
s'elle est fausse : un défi de votre choix

La chanson qui me rappelle notre rencontre est ?

Réponse Juste

Réponse Fausse

Pain au chocolat ou croissant ?

Réponse Juste

Réponse Fausse

Pour chaque réponse :
s'elle est juste : un bisou ou câlin ;
s'elle est fausse : un défi de votre choix

Les trois choses que nous avons en commun sont ?

Réponse Juste

Réponse Fausse

Le prénom de fille que je préfère est ?

Réponse Juste

Réponse Fausse

Pour chaque réponse :
s'elle est juste : un bisou ou câlin ;
s'elle est fausse : un défi de votre choix

Le couple célèbre qui m'inspire le plus est ?

Réponse Juste

Réponse Fausse

Si je gagnais un million d'euros au loto, je ferais ?

Réponse Juste

Réponse Fausse

Pour chaque réponse :
s'elle est juste : un bisou ou câlin ;
s'elle est fausse : un défi de votre choix

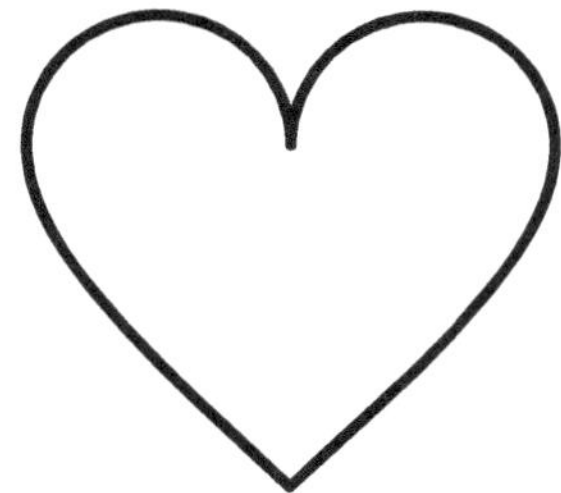

Le choix le plus difficile que j'ai eu à faire dans ma vie fut ?

Réponse Juste   Réponse Fausse

Le réseau social que je préfère est ?

Réponse Juste   Réponse Fausse

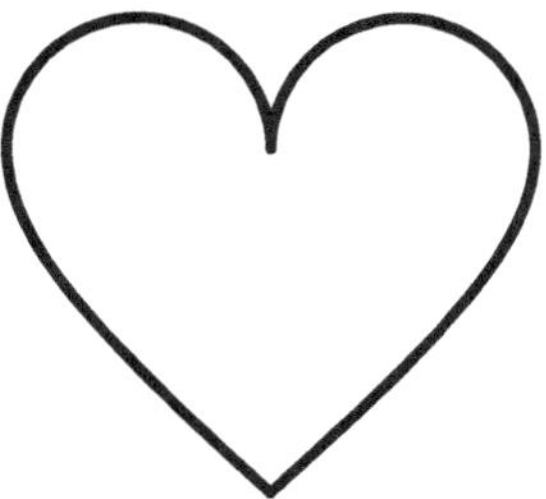

Pour chaque réponse :
s'elle est juste : un bisou ou câlin ;
s'elle est fausse : un défi de votre choix

Espagnol ou Allemand ?

Réponse Juste

Réponse Fausse

Mon groupe de musique préféré est ?

Réponse Juste

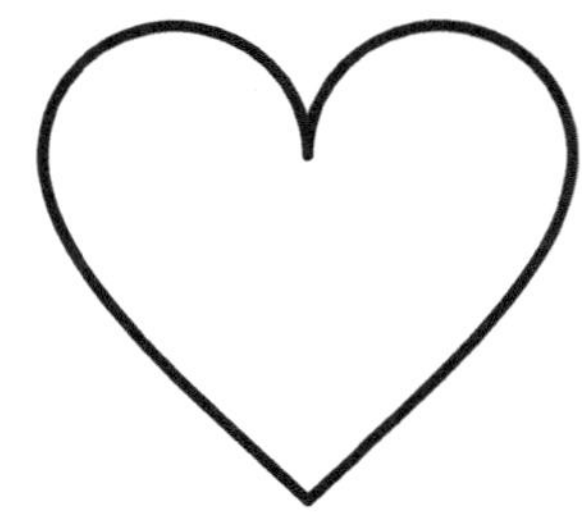

Réponse Fausse

Pour chaque réponse :
s'elle est juste : un bisou ou câlin ;
s'elle est fausse : un défi de votre choix

Mon Youtuber préféré est ?

Réponse Juste

Réponse Fausse

L'attention qui m'a le plus touchée de ta part c'est ?

Réponse Juste

Réponse Fausse

Pour chaque réponse :

s'elle est juste : un bisou ou câlin ;

s'elle est fausse : un défi de votre choix

Théâtre ou cinéma ?

Réponse Juste   Réponse Fausse

 Le sujet qu'il faut éviter entre  nous c'est ?

Réponse Juste   Réponse Fausse

Pour chaque réponse :
s'elle est juste : un bisou ou câlin ;
s'elle est fausse : un défi de votre choix

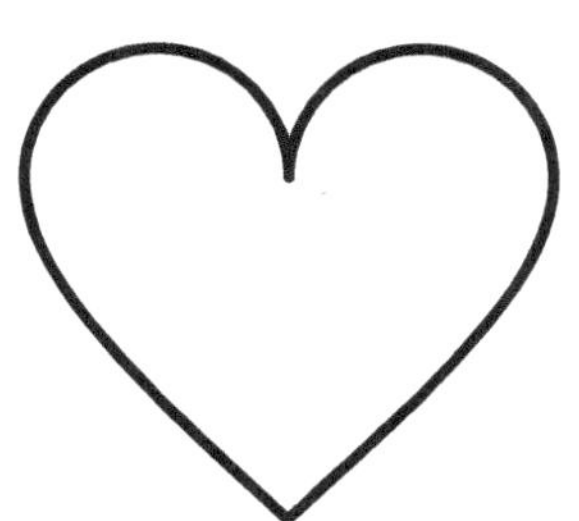 # Dans l'idéal, combien de fois par semaine j'aimerais faire l'amour ?

Réponse Juste  Réponse Fausse

---

 # Je pleure à chaque fois que ? 

Réponse Juste 

Réponse Fausse

Pour chaque réponse :
s'elle est juste : un bisou ou câlin ;
s'elle est fausse : un défi de votre choix

Ce que j'ai toujours rêvé de faire avec toi c'est ?

 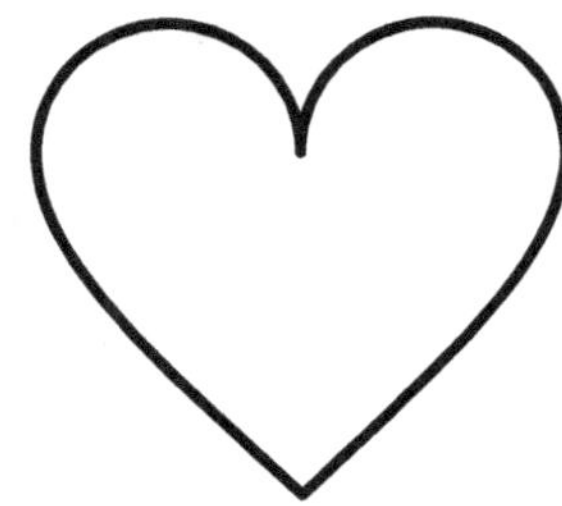

Réponse Juste   Réponse Fausse

 La première chose que je me suis dite la première fois que j'ai rencontré ta famille est ?

Réponse Juste   Réponse Fausse

Pour chaque réponse :
s'elle est juste : un bisou ou câlin ;
s'elle est fausse : un défi de votre choix

La célébrité à laquelle je ressemble le plus est ?

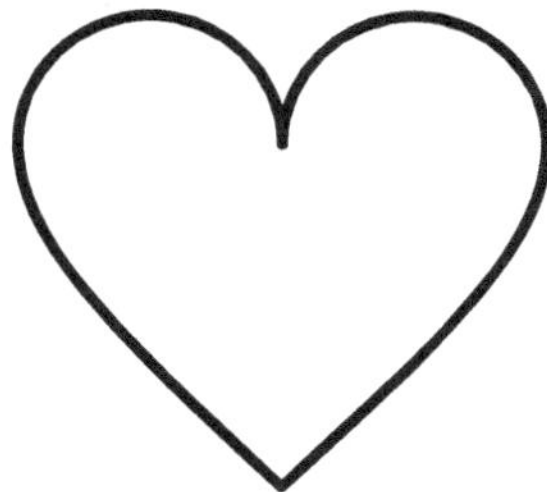

Réponse Juste   Réponse Fausse

Le surnom que je préfère utiliser pour t'appeler est ?

Réponse Juste   Réponse Fausse

Pour chaque réponse :
s'elle est juste : un bisou ou câlin ;
s'elle est fausse : un défi de votre choix

Les 3 points forts de notre relation amoureuse sont ?

Réponse Juste   Réponse Fausse

 Mon rêve le plus fou est ? 

 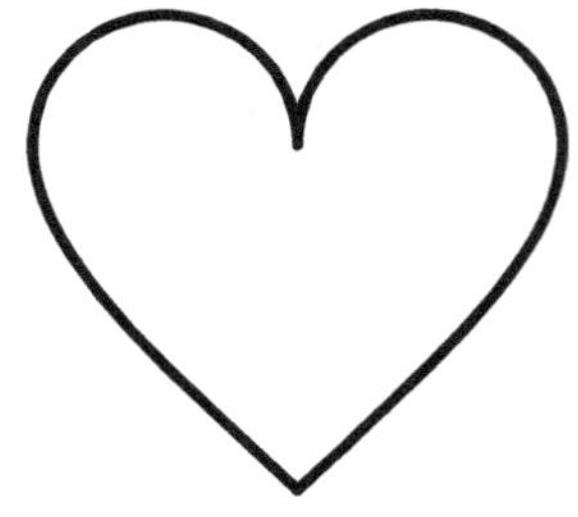

Réponse Juste   Réponse Fausse

Pour chaque réponse :
s'elle est juste : un bisou ou câlin ;
s'elle est fausse : un défi de votre choix

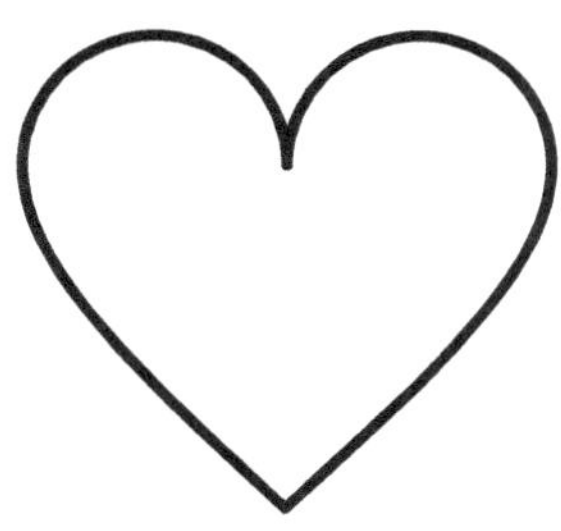 Quel le meilleur plat que je  puisse cuisiner !

Réponse Juste

Réponse Fausse

 Le plus beau voyage que l'on est fait ensemble était ?

Réponse Juste

Réponse Fausse

Pour chaque réponse :
s'elle est juste : un bisou ou câlin ;
s'elle est fausse : un défi de votre choix

Pourquoi je t'aime ?
En 10 Raisons

Raison n° 1 :

____

____

____

____

____

____

Raison n° 2 :

Raison n° 3 :

Raison n° 4 :

Raison n° 5 :

Raison n° 6 :

____

____

____

____

____

Raison n° 7 :

Raison n° 8 :

Raison n° 9 :

Raison n° 10 :

Pourquoi je t'aime ?
En 10 Raisons

Raison n° 1 :

Raison n° 2 :

Raison n° 3 :

____

____

____

____

____

____

Raison n° 4 :

Raison n° 5 :

Raison n° 6 :

Raison n° 7 :

____

____

____

____

____

____

Raison n° 8 :

Raison n° 9 :

Raison n° 10 :

Nos Souvenirs

Nos Souvenirs

Nos Souvenirs

Nos Souvenirs

Nos Souvenirs

Nos Souvenirs

Nos Souvenirs

Nos Souvenirs

Nos Souvenirs

Nos Souvenirs

Nos Souvenirs

Nos Souvenirs

Nos Souvenirs

Nos Souvenirs

Nos Souvenirs

Nos Souvenirs

Nos Souvenirs

Nos Souvenirs

Nos Souvenirs

Nos Souvenirs

Nos Souvenirs

Nos Souvenirs

Nos Souvenirs

Nos Souvenirs

Nos Souvenirs

Nos Souvenirs

Nos Souvenirs